Pour Amy et Lucy.
JP

Certifié PEFC
Ce produit est issu de forêts gérées durablement et de sources contrôlées.
PEFC 10-31-1093
pefc-france.org

IMPRIM'VERT
Votre imprimeur agit pour l'environnement

ISBN 978-2-7002-4599-8

L'école d'Agathe

Pakita | J.-P. Chabot

La maxi-fête d'Agathe

RAGEOT

Betty est anglaise
et fait des fautes
en parlant.
Amuse-toi à trouver
ses fautes !

Vous avez vu ? Maintenant, j'ai les cheveux longs, frisés et multicolores.

Mais non ! Je rigole !

Ce sont les serpentins de ma **MAXI-FÊTE !**

Tout a commencé un matin. Je me suis réveillée en chantant :

C'est la fête ! C'est la fête !
Bienvenue les invités !
C'est la fête ! C'est la fête !
Les copains, on va s'amuser !
On va rigoler, se déguiser !

Pas moyen de m'arrêter !

– Chanson, quitte ma tête, je dois aller à l'école ! j'ai crié.

Mais non. Je me
suis habillée.
C'est la fête !
C'est la fête !

J'ai préparé mon
cartable.
C'est la fête ! C'est la fête !
J'ai pris mon petit-
déjeuner.

C'est la fête !
C'est la fête !
Je me suis lavé
les dents.
Ch'est la fête !
Ch'est la fête !

Quand je suis
partie à l'école, ma
tête chantait encore.

En arrivant dans la cour, je chantais toujours :

C'est la fête ! C'est la fête !

Les copains m'ont rejointe.

J'ai répondu :

– N'importe quoi, Guillaume et Mathieu ! C'est juste une chanson.

Une fois dans la classe, j'ai fait tomber mon livre, j'ai ouvert ma trousse à l'envers et je me suis assise à côté de ma chaise.

– Agathe, tu as l'air bien énervée ce matin, a dit la maîtresse. Viens donc au tableau nous réciter ta poésie.

C'était horrible ! Ma tête récitait et chantait à la fois vous savez quoi...

– Mais enfin, Agathe, qu'est-ce que tu as ? s'est inquiétée la maîtresse.

– J'aimerais faire une fête ! j'ai répondu en baissant les yeux.

Elle ne m'a pas grondée, elle m'a juste demandé :

– C'est ton anniversaire ?

– Non, maîtresse ! Mon anniversaire tombe pendant les grandes vacances. Du coup je ne peux jamais le fêter avec mes amis de l'école, et tu sais quoi ? C'est mon RÊVE !

Mathieu s'est levé.

– Il n'y a pas qu'Agathe qui rêve de faire la fête, maîtresse ! Nous aussi !

Tout le monde voulait faire la fête. Tom est monté sur sa chaise.

– J'ai une super-méga idée géniale ! On va fêter l'anniversaire d'Agathe !

– Et ce n'est pas grave si ce n'est pas le bon jour, a déclaré Audrey.

– Oui, on va réaliser le RÊVE d'Agathe ! a ajouté Théo.

– Parce qu'on est tous ses amis ! a crié Zizette.

J'étais trop contente alors j'ai fait ma danse de la fête.

Je vous montre.

1- Et hop ! Tu mets tes deux index en l'air !

2- Et zou ! Tu bouges comme ci !

3- Tu bouges comme ça !

4- Tu cries : Yipiiie ! Yipiie ! Hourra !

5- Et pour finir, tu sautes bras en l'air !

La maîtresse a éclaté de rire.

– Cette danse me donne très envie à moi aussi de faire la fête !

On s'est tous regardés.

– Maîtresse, tu veux faire la fête avec nous pour de vrai ? a dit Guillaume.

– Et tu vas te déguiser ? a demandé Coralie.

– Oui, je suis d'accord pour que nous fêtions l'anniversaire d'Agathe dans une semaine.

– Super !

– Génial !

– Vive la maxi-fête d'anniversaire d'Agathe !

Juste à ce moment, la porte s'est ouverte.

– J'ai entendou une grande cri, il se passe un chose ?

C'était Betty.

– Betty, on va faire la maxi-fête de la classe avec la maîtresse et avec toi !

– Très bon idée ! C'est quand ? C'est où ? Il faut faire le manger et le décoration.

– Betty a raison. Une fête, ça s'organise ! a dit la maîtresse.

Et elle nous a expliqué :

– Organiser, ça veut dire savoir qui fait quoi et tout préparer.

– C'est moi qui ORGANISE !

– Tu es sûre Agathe ? m'a demandé la maîtresse.

– Oui puisque c'est ma maxi-fête d'anniversaire !

Il me restait sept jours pour tout organiser.

– Maîtresse, je suis obligée d'aller à l'école pendant que je prépare ma fête ?

– Bien sûr Agathe !

– Et je suis aussi obligée d'apprendre mes leçons ?

– Évidemment ! Agathe, tu veux toujours tout organiser ?

– Ouiiiiiiii !

Ouille ouille ouille ! Je ne savais pas qu'une fête, c'était autant de travail. Il faut :

chercher un thème,
écrire les invitations,
trouver des jeux,
choisir de la musique,
décorer la salle,
faire un magnifique gâteau !

Alors Agathazim-zam-zoum !

Je me suis transformée en *Super Organisatrice !*

En classe, on a réfléchi tous ensemble pour savoir où ma maxi-fête pouvait se passer.

PAS dans la classe, il y a trop de tables et de chaises.

PAS sous le préau à cause de la récré.

PAS dans la bibliothèque, on n'a **PAS** le droit d'y faire du bruit.

– Si je pousse le grand table, on peut faire le fête dans ma atelier, a proposé Betty.

– **Youpiiii !** Vive Betty !

Le soir, à la maison, j'ai préparé les cartes d'invitation. Parce que si mes amis ne savent pas où et quand il y a une fête, ils ne peuvent pas venir, vous êtes d'accord ?

Mais une invitation par invité quand vous avez plein d'invités, c'est long à fabriquer !

J'ai choisi de faire des invitations-papillons très jolies.

Je vous explique.

Carte d'invitation-papillon

1- Prenez une demi-feuille de papier à dessin.

2- Pliez-la en deux et ouvrez-la. Sur un côté, déposez des petits tas de peinture en tube.

3- Repliez la feuille et appuyez très fort vers l'extérieur avec la main.

4- Découpez-la en forme de papillon.

5- Ajoutez des paillettes si vous voulez.

Je les ai terminées après le dîner. Et le lendemain, je les ai données dans la cour. J'étais fière.

– Et moi Agathe, je n'en ai pas ?

Oh nooon, j'avais oublié Jade !

– Excuse-moi Jade. Pour la peine, je vais te dessiner un papillon géant !

Alors vite…

Mon conseil n° 1
d'Agathe Super Organisatrice

Fais la liste des invités
avant d'écrire les invitations !

Pendant que je découpais le papillon de Jade, j'ai pensé : « Et si je me fâche avec un de mes invités juste avant ma maxi-fête, je lui donnerai une carte de désinvitation. »

C'était méchant, non ? Alors j'ai décidé de ne me fâcher avec aucun de mes amis jusqu'à ma maxi-fête.

Le mardi soir, Tom m'a appelée.

– C'est quoi le thème de ta maxi-fête d'anniversaire, Agathe ?

Oups ! J'avais oublié ! Alors vite ! J'ai téléphoné à tout le monde pour avoir des idées.

Mon conseil n° 2 d'Agathe Super Organisatrice

Si tu veux faire une fête à thème, trouve le thème avant d'écrire les invitations !

– Allô Coralie ? Qu'est-ce que tu aimerais comme thème pour ma maxi-fête ?

Coralie m'a répondu :

– « Princesses » pour être la plus jolie avec ma nouvelle robe à mille colliers. J'accrocherai des perles dans mes cheveux, des grands voiles, des rubans et je mettrai du rose à lèvres !

– Moi, m'a répondu Mathieu, je veux être un mort vivant, avec des vrais os dessinés sur mon tee-shirt noir.

Et chacun m'a donné des idées différentes :

Princesses, rois, monstres, dragons, animaux, chevaliers, lutins, fées, sorcières, pirates, fantômes et morts vivants, super héros...

Oh non ! Il y en avait trop, je ne pourrais pas faire plaisir à tout le monde !

C'est décidé, mon thème sera : **déguise-toi comme tu veux !** C'est un beau thème, non ?

Le lendemain matin, hourra ! Il n'y avait pas école...

– Allô Zoé ? Allô Lucas ? Allô Chloé ? Vous venez m'aider à fabriquer les décorations de ma maxi-fête ?

Sur la table, j'ai posé des grandes feuilles de papier de toutes les couleurs, des ciseaux...

– J'ai une idée ! s'est exclamée Chloé. On n'a qu'à faire des ribambelles de bonshommes qui se tiennent par la main.

Vous voulez apprendre ?

1- Découpez une longue bande de papier.

2- Pliez-la en éventail. Attention, le premier pli doit être à gauche.

3- Dessinez sur la première feuille un bonhomme dont les bras et les pieds touchent bien les bords.

4- Découpez.

5- Dépliez !

On a passé une journée géniale ! Comme il nous restait du papier de couleur, Chloé a eu l'idée de fabriquer des serpentins et des confettis.

Mon conseil n° 3 d'Agathe Super Organisatrice

Pour préparer ta fête, fais-toi aider par tes copains.

Dans mon lit, le soir, j'ai pensé que j'étais vraiment une *Super Organisatrice.* Mes invités étaient tous invités, ma décoration était prête.

Il ne me restait plus qu'à choisir des CD, à trouver des jeux et à faire un maxi-gâteau de maxi-fête. Mais si je m'endormais maintenant, je n'aurais pas assez de temps pour finir !

Alors vite, je me suis relevée pour choisir mes CD. C'est facile, je les connais par cœur.

Mais pour être sûre de ne pas me tromper, j'ai mis mes lunettes de star, la **musique** dans ma minichaîne et je me suis mise à **danser** sur ma couette.

Enfin pas longtemps parce que maman a ouvert ma porte d'un coup, l'air fâchée.

Grrr... Maman m'a grondée. Elle ne veut pas comprendre que c'est très important d'organiser une maxi-fête !

De nouveau dans mon lit, j'ai pensé : « Ce serait trop super d'organiser une course de chevaux ! »

J'étais tout excitée et j'ai décidé de fabriquer les chevaux maintenant ! Tout de suite !

À pas de velours, à pas de voleur, je suis descendue dans le garage. En faisant très TRÈS attention de ne pas faire de bruit.

Dans le garage, j'ai trouvé un grand carton, une boîte à chaussures, un rouleau et deux ficelles…

Je vous explique comment **fabriquer** un cheval.

1- Découpez le fond d'un grand carton.

2- Au-dessus, découpez un rond assez large pour entrer dedans.

3- Fixez le rouleau de carton pour faire le cou du cheval.

4- Ajoutez une boîte à chaussures pour la tête.

5- Collez des franges de papier pour la crinière et ajoutez de longs rubans pour les rênes !

J'ai fabriqué trois magnifiques chevaux. À travers la petite fenêtre du garage, la Lune m'a dit :

– Bravo Agathe ! Tu es une *Super Organisatrice !*

Alors pour faire plaisir à la Lune, j'ai continué.

– **Agathazim-zam-zoum !** Lune, je vais faire mon gâteau toute seule !

À pas de velours, à pas de voleur, je suis remontée dans la cuisine.

Dans un grand saladier, j'ai mis de la farine, des œufs, du beurre, du chocolat, des noisettes, de la noix de coco, de la vanille, de la confiture, des bonbons.

J'ai touillé, et hop ! Dans le plat, et hop ! Au micro-ondes.

J'ai pensé que dix minutes de cuisson, c'était bien mais au bout d'une minute, ron psssch ! Ron psssch ! Je me suis endormie sur la table.

Quand… PAF POUF PIF ! J'ai été réveillée par des bruits énormes. Et maman me secouait :

– Pourquoi tu n'es pas couchée, Agathe ? Qu'est-ce que c'est que ce bazar ?

Impossible d'expliquer à maman que je voulais faire plaisir à la Lune...

Ma belle pâte à gâteau avait explosé dans le micro-ondes qui faisait plein de bruits bizarres.

Mon conseil n° 4 d'Agathe Super Organisatrice

Si tu veux faire un gâteau, fais-le avec un adulte. C'est plus prudent !

Le matin, j'étais très fatiguée, mais je n'allais pas dormir alors qu'il fallait finir de préparer ma maxi-fête. C'est nul, non ?

Quand je suis arrivée à l'école, les copains m'ont dit :

– Salut Agathe, tu es prête pour ta maxi-fête ?

J'ai répondu :

– Agathazim-zam-zoum ! Bien sûr que je suis prête !

– Et en quoi tu te **déguises ?** m'a demandé Jade.

Oh non ! J'avais complètement oublié.

– Moi, je me **déguise** en pompier. Même que papa me prête son casque ! m'a annoncé Paul.

– Jade, tu viens chez moi pour m'aider à trouver mon **déguisement ?**

Jade a dit oui. Super ! Elle a toujours mille idées !

Après l'école, Betty nous attendait devant son atelier.

– Tout la monde est prête pour le décoration ?

Avec Léonard, Jade, Coralie, Nicolas et Océane, on a accroché les guirlandes, gonflé les ballons, installé la musique et les CD.

– Et regardez mon sourprise !

Betty avait peint une nappe magnifique pour poser le gâteau.

Avant de rentrer, avec Jade, on a admiré une dernière fois l'atelier de Betty.

– Wouah ! Ça va être une super maxi-fête d'anniversaire !

Et à la maison, génial ! Maman avait oublié sa colère et m'avait préparé un gros gâteau.

Je n'ai pas osé lui dire que je ne le trouvais pas très joli et même euh... un peu raté. Vous comprenez pourquoi ?

Une fois dans ma chambre, Jade m'a demandé :

– Agathe, tu veux te déguiser en quoi ?

Je n'avais pas eu le temps d'y réfléchir alors j'ai répondu :

– Le thème, c'est tous les thèmes à la fois, alors je veux me déguiser en « Toutàlafois » !

Jade et moi, on a éclaté de rire puis on a fait un gros tas de tout sur mon lit.

J'ai mis un chapeau de pirate avec une couronne de roi par-dessus, mes lunettes de star et un nez de clown, une cape de super héroïne et un tutu de danseuse.

Et Jade a mélangé un masque de lion, des ailes de coccinelle et un collant d'abeille.

Puis le jour de ma maxi-fête est enfin arrivé. En classe, on n'écoutait rien.

– Je vous rappelle que la fête a lieu cet après-midi. Ce matin, on travaille ! nous a grondés madame Parmentier.

Mais on a tous vu qu'elle n'était pas vraiment fâchée.

Quand la sonnerie a retenti, on a commencé à se déguiser.

C'était le plus gros chahut du monde. Coralie la sirène nageait sur la table, Thomas le pirate venait l'attaquer...

J'étais si contente qu'avec ma cape de Super Agathe, j'ai fait ma danse de la fête.

À ce moment, monsieur Lecornu et Betty sont entrés dans la salle. En voyant la tête de Betty, on a compris qu'il y avait un gros problème.

– Les enfants, a déclaré le directeur, vous n'allez pas pouvoir faire votre fête aujourd'hui car des ouvriers ont commencé des travaux.

Et il est parti.

Des larmes coulaient sur mes joues. J'ai regardé mes amis. On était tous trop tristes.

Soudain, Audrey a crié :

– Une maxi-fête d'anniversaire, ça ne s'annule pas. On n'a qu'à aller dans le parc, à côté de l'école. On va tout transporter et puis voilà !

– Ouais ! Hourra ! Vive la maxi-fête d'anniversaire d'Agathe dans le parc !

– On va tout réorganiser ! a hurlé Mathieu.

Moi, j'ai apporté des bonbons pour faire une surprise à Agathe.

– Et moi des gâteaux, a ajouté Charlotte.

– Moi aussi !

– Et moi, j'ai **fabriqué** plein d'instruments ! a dit Jules. Ils sont cachés derrière le préau.

J'ai crié :

– J'ai des amis trop super !

La maîtresse a éclaté de rire.

– Et moi, j'ai des élèves merveilleux. En route pour le parc !

– Je vais chercher les chevals d'Agathe. Vous attendez moi ! a prévenu Betty qui fait des fautes de français.

Arrivés au parc, on a couru jusqu'au coin où on peut pique-niquer. On a posé la nappe de Betty sur une table en bois. Et là, Victor a eu une idée.

– On va réunir tous les gâteaux ensemble, ça fera un maxi-gâteau vaisseau spatial.

– Il sera tellement magique qu'il volera jusqu'au bout de l'univers, a ajouté Emma.

Et on a inventé le plus super des gâteaux de maxi-fête d'anniversaire !

– Approchez, mesdames et messieurs ! s'est exclamé Hugo. Venez voir notre spectacle de cirque spécial... AGAAATHE !

C'était fantastique ! Hugo, Tom, Léa, Théo, Jules et Mamadou avaient préparé la piste du cirque avec des rondins de bois et ils m'avaient fabriqué un coussin de mousse.

Jules était l'homme-orchestre. Il a joué de la musique pendant tous les numéros.

Hugo et Léa ont fait des tours de magie avec des plumes et des dés. Sarah a dansé. Et surprise ! Betty s'est transformée en acrobate. Elle a fait la roue et un saut périlleux.

Ensuite, les clowns Tom et Mamadou sont arrivés sur la piiiste !

Ils étaient trop drôles ! Tom jouait le clown toujours fâché et Mamadou n'arrêtait pas de lui faire des farces.

Et vlan ! Tom lui donnait un coup de pied dans les fesses et Mamadou sautait en tombant. À la fin, ils ont lancé des ballons et des serpentins.

– MERCI LES AMIS ! j'ai dit. Et pour ma maxi-fête d'anniversaire, voici un nouveau jeu que je viens juste d'inventer. Mettez-vous tous en face de moi. 3, 2, 1, 0, c'est parti pour la soupe aux bisous !

J'ai foncé sur mes amis et je les ai couverts de bisous en éclatant de rire.

En deux minutes, on était devenus un énorme **gâteau** par terre ! Mais vite, on s'est relevés en criant :

– On a faim ! On a faim !

– Tout est prêt, a annoncé madame Parmentier.

– Oh non maîtresse ! J'ai oublié les **bougies.**

– Ne t'inquiète pas, Agathe. On y a pensé !

Oh là là, il est super tard ! Ma maxi-fête d'anniversaire était gé-nia-le ! Je suis encore tout excitée. Alors...

Mon dernier conseil d'Agathe Super Organisatrice

Si tu as un souci pour ta maxi-fête, fais confiance à tes amis pour tout arranger !

Allez bonne nuit, mes amis du monde entier !

L'auteur

Pakita aime tous les enfants ! Les petits, les gros, les grands, avec des yeux bleus, verts ou jaunes, avec la peau noire, rouge, orange, qui marchent ou qui roulent, et même ceux qui bêtisent !
Pour eux, elle se transforme en fée rousse à lunettes, elle joue, elle chante, elle écrit des histoires et des chansons pour les CD, les livres ou pour le dessin animé.

L'illustrateur

Jean-Philippe Chabot est né à Chartres en 1966. Avant d'entrer à l'école il dessinait déjà. À l'école, il dessinait encore. Puis il a choisi de faire des études de... dessin. Et maintenant, son travail c'est illustrer des albums et des romans.
Il est très heureux de dessiner tous les jours et parfois même la nuit mais toujours en musique.

L'école d'Agathe

32 pages - 5,20 €

n° 1

n° 2

n° 3

n° 4

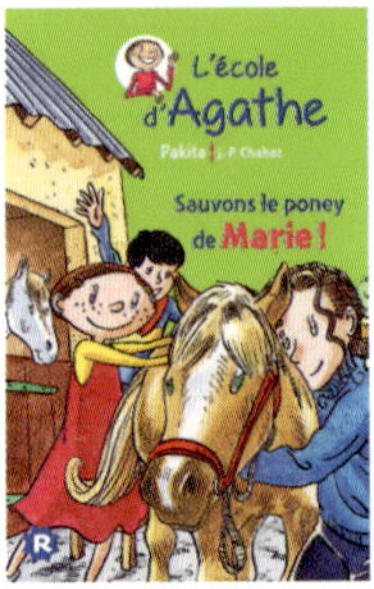

n° 5

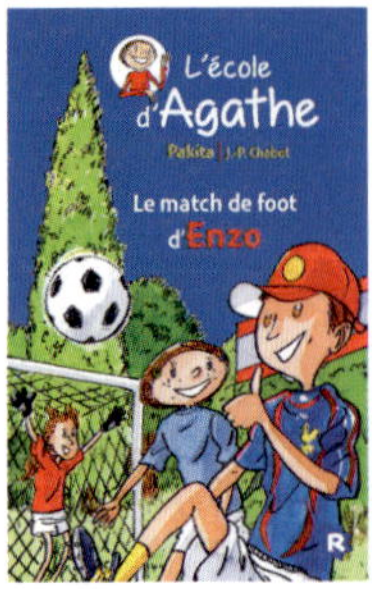

n° 6

n° 7

n° 8

n° 9

n° 10

n° 13

n° 14

64 pages - 7,10 €

n° 11

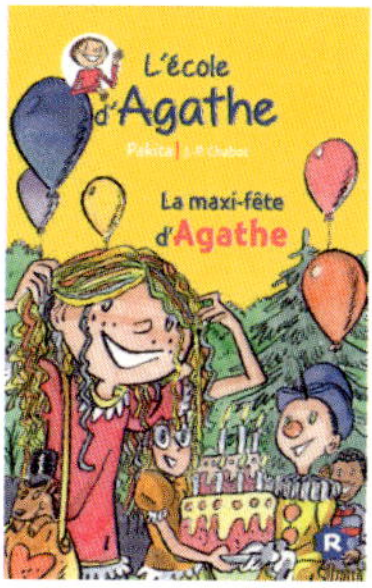

n° 12

L'école d'Agathe

Toute la série
L'école d'Agathe
sur www.rageot.fr

PAPIER À BASE DE FIBRES CERTIFIÉES

RAGEOT s'engage pour l'environnement en réduisant l'empreinte carbone de ses livres. Celle de cet exemplaire est de :
341 g éq. CO_2
Rendez-vous sur www.rageot-durable.fr

Achevé d'imprimer en France en décembre 2013
par I.M.E. – 25110 Baume-les-Dames
Dépôt légal : janvier 2014
N° d'édition : 5989 - 01